LA NUIT

DE

SAINTE-HÉLÈNE,

HÉROIDE SUR LE TOMBEAU

DE NAPOLÉON-LE-GRAND.

Par Alexandre BARGINET (de Grenoble).

PARIS,

CHEZ TOUS LES MARCHANDS DE NOUVEAUTÉS.

1821.

LA NUIT

DE

SAINTE-HÉLÈNE,

HÉROÏDE SUR LE TOMBEAU

DE NAPOLÉON-LE-GRAND,

Par Alexandre BARGINET (de Grenoble).

Qu'ils etaient beaux ces jours
De France !
O mon pays, sois mes amours,
Toujours !

CHATEAUBRIANT

Il y a de l'echo en France quand
on parle de gloire et d'honneur.

Le general FOY.

PARIS,

CHEZ TOUS LES MARCHANDS DE NOUVEAUTÉS.

1821.

LA NUIT

DE

SAINTE-HÉLÈNE.

Ils ne sont pas vains les regrets douloureux qui environnent la tombe d'un héros ! La voix du peuple retentira dans l'avenir ; les générations futures la reconnaîtront comme la vérité ; la calomnie pâle de honte et d'effroi, s'évanouira devant elle.

Esclaves du pouvoir heureux, votre impuissante rage ne peut altérer ces témoignages éloquens de l'estime des hommes... Esclaves, baissez vos fronts ; voilà qu'une grande ombre s'élève... La vérité est trop pesante pour vous... vous, qui n'avez jamais connu la gloire, vous ne concevez pas les larmes qu'elle peut faire répandre.

Que mon cœur est ému! Je sens que mon imagination s'élève au sein des grands souvenirs; je ne vois qu'à travers un nuage de larmes les images qui se déploicnt devant moi... Pourrai-je donc peindre les émotions pénibles et religieuses qui président à mes idées? Ah! la langue de la douleur est énergique et universelle; on m'entendra; tous les mortels ont dans l'âme une pensée pour la grandeur qui brilla parmi eux; réunis autour d'un tombeau, leurs passions s'épurent dans le champ de la mort; là, finit la haine et commence la justice. Écoutez! écoutez!

Il me semble qu'un long sommeil a fermé mes paupières, et que j'ai été étranger aux événemens, qui, semblables à des vagues tumultueuses, ont inondé la société européenne. Dans ce temps-là un homme s'élevait parmi les nations et les rois; son nom faisait trembler les ennemis de la patrie; son épée brillait dans sa main comme un rayon de la victoire. Qu'est-il devenu? Vous, qu'on voyait empressés sous les portiques de son palais, et qui annonciez son réveil au peuple comme une nouvelle favorable; répondez-moi, qu'est-il devenu?

Vous, qu'il avait réunis autour de son trône pour présider aux destins de la nation; vous, qui laissâtes enchaîner le génie de la liberté par celui de la gloire, vos chaires curules ne sont pas désertes, et lui, qu'est-il devenu?

Vous qui chantâtes ses actions héroïques; vous, à qui le langage de la flatterie inspira quelquefois la vérité; faméliques habitués des corridors des palais et des antichambres des grands; vos chants ont cessé... Qu'est-il devenu?...

Ils gardent tous un silence cruel, un affreux sourire crispe leurs lèvres décolorées; vils courtisans! lâches adulateurs! indignes écrivains! Je frémis en lisant dans vos cœurs, oui, je l'ai deviné, votre idole est renversée; le charme qui entourait ses autels est tombé ! Ah ! sans doute, le héros n'est plus ; car s'il vivait encore vous rougiriez en entendant prononcer son nom ; mais les cadavres ne distribuent ni justice, ni récompenses ; vous n'attendez plus de faveurs, vous ne redoutez plus sa présence !

Un homme, à moitié revêtu d'anciens ornemens militaires, se présente à moi : ses regards sont fixés vers la terre ; assis sur un fragment de rocher, il contemple le signe de l'honneur qu'il a arraché de sa poitrine ; des souvenirs absorbent toutes ses pensées... Tu pleures, toi... Réponds donc, qu'est-il devenu?

Voila ce que le soldat m'a dit : Ne le cherche pas dans le séjour des rois ; il n'y a plus de palais pour le vaiqueur du monde ; ne le cherche pas parmi ces flots d'adulateurs qui suivaient la poussssière de ses pieds ; il ne règne plus : ne le cherche pas dans les camps où se plaisait la victoire, il n'y commande plus. Si jamais tu t'abandonnes sur un esquif aux dangers de la mer, la tempête pourra te jeter sur une île sauvage. Là, tu chercheras un tombeau, et tu trouveras Napoléon ! Voilà ce que le sodat m'a dit.   .   .   .   .

.   .   .   .   ,   .

Un vent enflammé souffle avec violence dans les voiles du vaisseau qui m'emporte sous le climat de l'Afrique. Le soleil verse sur la mer des torrens de feu. Ah! celui qui naquit dans les douces vallées de la France, peut-il supporter cet atmosphère dont l'air ressemble aux brûlantes émanations de l'Etna ! Que je te plains! toi, qui es proscrit dans ce pays, et qui dors si loin de la patrie !

Mais l'orage s'élève sur l'océan comme un géant formidable, ses bras entourent le vaisseau, il va se perdre dans l'abîme...

Je suis seul maintenant, je n'entends plus les cris des matelots, la mort règne sur tout ce qui m'environne... Où suis-je ?

J'aperçois un port où de nombreux vaisseaux ont jeté l'ancre, à l'horreur que j'éprouve, je dois être sur un sol soumis à l'Angleterre... Ah! que dis-je, ces lieux seront éternels dans la mémoire des hommes. Salut! rochers de Sainte-Hélène, je viens demander à vos tristes échos quelques paroles arrachées au trépas. Vous avez recueilli son dernier soupir... Il me semble encore l'entendre dans le frémissement de vos bruyères sauvages. Salut! rochers de Sainte-Hélène.

C'est donc en ces lieux qu'ils l'avaient exilé, c'est ici qu'il a lutté contre le climat, et qu'après avoir vaincu les hommes il a quelque temps triomphé de la nature. Je reconnais autour de moi la marque de ses pas.... Combien de siècles se perdront sur ce rivage avant que ce souvenir soit éteint. C'est donc ici que les Carthaginois ont frappé Régulus....

La nuit enveloppe cette île funeste à l'honneur des nations, la foudre sillonne la nue embrasée, et de temps en temps la nuit verse sa tremblante lumière sur les saules pleureurs de la porte de la Cabane (1)... Allons... O nuit! descends plus obcure sur ces lieux où la pensée du brave viendra souvent planer, enveloppe de sombres nuages cette croix que j'aperçois à la lueur des éclairs. Dors en paix Napoléon, j'approche de ton sépulcre en murmurant une hymne de gloire; j'ai souvent maudit ton pouvoir, et je viens honorer ta mémoire. Rois de la terre, n'applaudissez pas sur le trône à cet auguste trépas. Ce héros fut seul plus puissant que vous tous, il commandait à des soldats dont le dernier aurait pu guider vos phalanges; trente millions de voix s'élevaient en sa faveur et proclamaient son nom dans les jours de victoires, des princes marchaient à ses côtés au milieu de ses pompes triomphales; comme le dieu des anciens, il ébranlait le monde en fronçant les sourcils : il est tombé, rois de la terre, réfléchissez et

---

(1) Nom de l'endroit de l'île ou repose Napoleon.

respectez ce qui reste de lui... Dors en paix, Napoléon!

J'ai baisé la pierre qui couvre ses ossemens, une larme brûlante est tombée de mes yeux... La scène qui m'environne a frappé mon esprit d'une sainte terreur. Au sein des sombrosités d'une nuit orageuse je suis seul agenouillé sur une tombe, le vent siffle dans la longue chevelure des saules pleureurs, les éclairs se répètent de temps en temps dans le cristal d'une source qui coule près de ce lieu, la reine du soir assise sur des nuages ne montre que rarement sa clarté pâle et vacillante et l'orage qui gronde dans le lointain ressemble à la voix solennelle du destin qui a réclamé sa victime...

Mais la terre a tremblé, un bras formidable a soulevé la pierre du repos, il me semble que les cieux se sont rapprochés de ce globe de misères et qu'ils découvrent à mes yeux éblouis les secrets de l'immensité... Le fantôme de Napoléon s'élance du cercueil resplendissant de majesté... Si ce

que je vois n'est que l'ouvrage de mes pensées, puissé-je les retracer sous ma plume
tremblante !

Quelle est cette grande ombre dont
l'antique vêtement 1appelle à mon imagination les aieux de nos pères ?... C'est l'esprit du Delta. Il reposait dans les pro-
fondes cavités des pyramides, ces monumens gigantesques qui sont encore de-
bout sur la terre, recourverts de la pous-
sière de mille siècles. L'esprit des temps
anciens fait entendre ces paroles : Toi qui
fus le chef des Français, n'as-tu pas planté
leur bannière sur le sommet de ma tombe
qui se perd dans les nuages, et dont les
fondemens sont cachés dans les secrets de
la création.? La cendre de cent peuples
belliqueux et puissans s'est confondue avec
le sable brûlant qui couvre les plaines de
Djizey. Des cités populeuses se sont englou-
ties et d'autres cités bâties sur leurs dé-
combres ont enfin disparu depuis que la
pierre grisâtre des pyramides brave le souffle destructeur des tempêtes et du temps.

Aucun mortel n'avait violé l'enceinte redoutable où dorment les souvenirs de l'Egypte, et toi tu descendis vivant dans ce tombeau dont l'origine est perdue pour la mémoire des hommes. Un jour ces masses effrayantes couvriront de leurs débris une terre habitée par une autre espèce de mortels qui ne parleront de ce temps que comme d'une chose incertaine ; ils chercheront dans ces restes et sur la dernière pierre qui s'offrira à leur regards, ils liront le nom de Napoléon ! Toi qui fus le chef des Français, reçois l'hommage de l'esprit du Delta....

Le silence règne après ces paroles ; le Tibre couronné de lauriers et appuyé sur une rame s'avance lentement, le vent joue dans les flots onduleux de sa barbe blanche ; et moi, dit-il, je l'ai vu dans les murs de Rome ; la fille de Romulus allait succomber sous les horreurs de la guerre civile, le héros parut, et la religion essuya ses larmes, il protégea les autels du Seigneur et la liberté fit encore entendre quelques chants heureux dans la patrie des Scipions. Roi de l'antique Ausonie tu ressemblais dans Rome au génie de Camille planant sur ses murailles. Les armes des Français, ont retenti dans les échos du Capitole, la maîtresse du monde se recouvrit quelque temps de la toge républicaine. Honneur au chef, le héros des temps modernes.

Le Danube succède au fleuve de Mars, son front limoneux, couvert de rides antiques, se baisse devant Napoléon. Voilà les mots qu'il fit entendre : O toi, qui ne parus jamais sur mes bords que pour humilier les fiers Germains mes enfans, reçois l'hommage que des vaincus doivent à leur maître. Les champs d'Austerlitz et de Wagram portent encore les traces de ton passage de feu ; toi, qui fis chanceler le trône des Césars, il a trop fallu d'efforts pour te renverser, et ta chûte ressemble à une victoire. Va, ce n'est pas toi que tes fers ont déshonoré, le captif qui fait trembler les rois, n'a rien perdu de sa gloire; et

si ton fantôme irrité apparaissait aux por-
tes de leurs palais, ils fuiraient devant toi
comme dans un jour de bataille...

Il a dit : Soudain je vois paraître un
Barde des temps passés ; il s'incline devant
Napoléon, comme les enfans de Fingal
devant un héros courageux, et ses doigts
errans sur sa harpe d'or, forment des sons
harmonieux qui accompagnent ces paroles : Écoute, Chef de la Gaule, je suis l'esprit d'Albion... Tu frémis à ce mot ainsi
qu'un brave au nom d'un traître... Ah!
n'accuse pas mes peuples, il ne sont pas
complices des maux que tu a soufferts...
Chef de la Gaule, tu le sais, ta présence
était un sombre nuage qui obscurcissait
leur gloire, leur roi tremblait devant la foudre de tes armes ; ton aigle planait sur l'île
des Bretons en poussant des cris de des-
truction ; ses aîles se déployaient sur
Westminster où s'assemblent les anciens
de la nation, et chaque jour la nouvelle
d'une victoire de ton épée venait y porter
la terreur... Tu as cessé de respirer par-

mi les hommes, ceux qui furent, ou *tes* sujets ou tes ennemis, saluent d'une voix unanime la pierre de ta tombe, et tu sera grand dans les siècles à venir ; je suis l'esprit d'Albion et j'ai pleuré sur toi, chef des Gaules.

Comme il achevait ces mots, j'ai vu apparaître un guerrier d'une taille colossale, couvert d'une armure noire, un air sauvage, mais belliqueux, se peignait dans ses traits, des glaçons pendaient à sa longue barbe, et le feu de la valeur brillait dans ses regards. Je suis Odin, s'écrie le fantôme, le père des Scandinaves, et l'esprit qui veille sur les froides solitudes de la Sibérie ! honneur te soit rendu, chef des braves ; tu es venu dans les vastes plaines où règne l'hiver ; les soldats de cette terre ne pouvaient résiter à ton bras ; dans leur désespoir ils livrèrent aux flammes ma ville antique et chérie. Du sein de mon palais de glaçons j'avais brandi ma lance contre tes bataillons formidables, mais je sentais que mon bras était trop faible et que mon bouclier ne pouvait plus parer tes coups. A moi, m'écriai-je, sombres enfans de l'Ourse glacée, suspendez les flots des rivières et des torrens, qu'ils s'élèvent comme des rochers, et que l'air soit mortel aux hommes par son intensité. Ils tombèrent alors les héros de la France, ils tombèrent vainqueurs sous la verge du destin. Mânes glorieuses, qui errez au milieu des neiges éternelles de la triste Moscovie, venez rejoindre l'ombre du héros; nation courageuse et vaillante, toi seul pouvais vaincre les enfans du grand Odin... Tiens, Napoléon, je t'amène ce glorieux Polonais, qui, ne pouvant survivre à la victoire, se précipita dans les flots de l'Etsler... voilà Poniatowski !...

A ces mots il lève un voile de deuil qui couvrait l'enfant des Sarmates, et son fantôme s'offrit à mes regards tout brillant de la gloire, partage assuré de ceux qui meurent pour la liberté de leur patrie !... Malheureux et braves Polonais !... Il se fit un grand silence pendant que les deux

ombres magnanimes se penchèrent l'une vers l'autre... et moi, j'essuyai quelques larmes que le nom de Poniatowski arrachait à mes paupières.

Mais quelle est cette femme, dont le front est orné d'un diadême de fleurs? Sous les formes légères de la tombe, elle porte encore les grâces de la vie... Approche du héros, magnanime souveraine, vous êtes enfin réunis par la mort. Mais plus heureuse, ô Joséphine! tu n'as point expiré sur la terre étrangère; et si c'est la douleur qui a avancé ton heure suprême, du moins tes derniers regards se sont reposés sur le sol de la France. Joséphine !... ombre révérée d'une femme, dont les vertus et l'angélique bonté sont chères au souvenir des Français, aucun remords n'a troublé ces instans où tu t'es élevée vers l'Eternel... Le pauvre arrosa de ses larmes ton cercueil et tes images; tu vis encore dans tous les cœurs; car il n'est pas au pouvoir des hommes de flétrir la vertu et de decorer le vice à leur gré. Quand les soldats

de la Newa et l'affieux Tartare des Pâlus
Méotides vinrent planter leurs lances dans
les jardins de Louis XIV, et au pied des
monumens de Napoléon, Joséphine expi-
ra, et son âme française quitta la patrie au
moment de sa honte, ou plutôt au moment où le génie succomba sous la trahi-
son, et que les courages énervés par de
longs malheurs eurent laissé consommer
ce cruel sacrifice.

Voici comment ton époux est mort :
Je ne soulèverai point le mystère épouvan-
table... non, je te dirai seulement ce que
les hommes m'ont raconté.

Celui que l'Europe ne pouvait conte-
nir souffrait depuis long-temps de son long
esclavage dans la prison qui lui avait été
désignée. Quand il se confia à la magnani-
mité du peuple anglais, il jugeait encore
des hommes avec son âme, sa modestie
ne lui permettait pas de croire qu'on pût
redouter quelque chose de celui qui avait
annoncé lui-même sa mort politique.
Epouvanté des fureurs et de l'ingratitude

qui accompagnaient sa chute , Napoléon éprouvait le besoin de vivre ignoré, mais libre. Hélas! il devait être constamment l'âme des conseils des souverains et l'objet de leur haine, sa servitude fut donc utile au machiavélisme de St.-James. Si quelque chose pouvait légitimer davantage les regrets de ceux qui ne le flattèrent jamais, et qui parlent de lui comme de ces héros anciens dont les actions remplissent les plus belles pages de l'histoire des nations, c'est surtout l'inutile rigueur qu'on déploya contre ce grand homme. Puisse un jour la voix éloquente et libre d'un nouveau Tacite accuser les Séjeans modernes au tribunal des nations et flétrir l'injustice des rois... Mais silence, il y a de bien funestes passions pour qui mes paroles seraient un signal de réveil.......

Enfin l'heure était arrivée , un prêtre était auprès de Napoléon , non pour lui donner du courage, mais pour préparer à son âme le chemin de l'éternité. Il y avait aussi là un Français qui lui avait aidé à souffrir; ami rare et fidèle, Bertrand, que de souverains cherchaient vainement au milieu de leur cour, peut-être dans tout leur empire, un homme comme toi! Sois honoré dans ta patrie, non pas de ces vaines grandeurs que le vent du destin emporte sur les rochers de l'Afrique, non pas de cette gloire mensongère que la flatterie départit aux puissans de la terre, non pas de ces tristes faveurs qui enchaînent un mortel vertueux au char du pouvoir, mais de cette renommée paisible qui s'élève comme un murmure approbateur sur la tête de l'honnête homme. Associé maintenant à la mémoire d'un héros, vos noms passeront ensemble dans les souvenirs du monde.

Mon Dieu... et la France!... Quel silence, interrompu de temps en temps par des sanglots, suit ces paroles touchantes; elles ont été les dernières de Napoléon, il a cessé de vivre en songeant à sa patrie, ses derniers souhaits ont été pour elle, que la patrie soit reconnaissante de ce tendre

intérêt et ne le prive pas de quelques regrets, ils sont l'oraison funèbre des héros.

Un instant après il était couvert de l'ha-
bit de la victoire, le signe de la réconcilia-
tion des chrétiens avec Dieu était sur sa
poitrine; le prêtre, agenouillé au pied du
lit de mort, versait des larmes en priant...
Bertrand, Montholon, plongés dans une
respectable douleur, entouraient ces restes précieux du plus grand des mortels....

Un bruit sourd s'élève de toutes les par-
ties de l'île, les cloches remplissent les airs
de leur voix funèbre, le canon retentit
dans les échos et se prolonge au loin sur la
vaste mer, les pilotes étonnés suspendent
la marche de leurs navires et répondent
par des signaux de détresse aux signaux
lugubres qui s'élèvent de l'île.

On va transporter le corps de Napoléon
dans le champ de la paix. Il y a à Sainte-
Hélène un vallon où le soleil darde moins
souvent ses rayons sous ce climat brûlant,
un peu de verdure et de fraîcheur embel-
lissent ce lieu romantique; là des saules

pleureurs laissent tomber leur longue chevelure dans les eaux d'une fontaine, il venait souvent y respirer un air pur. « Ah !
disait-il à ses amis, bientôt j'aurai cessé de
souffrir, faites que mes os reposent sous
ces arbres; vos souvenirs vous y ramène-
ront quelquefois. Je ne serai plus là pour
vous presser sur mon cœur, la voix tou-
chante de ton épouse, ô Bertrand, ne cal-
mera plus les agitations de mon âme,
mais elle sera mêlée à l'air que vous res-
pirerez... faites que je repose ici... » Il avait
eu ainsi le pressentiment de l'heure solennelle, et pour accomplir ses vœux on a
creusé sa tombe sous les saules de la fontaine. . . . .
. . . .

La nuit s'enfuit, voilà les premiers
rayons de l'aurore, les grandes ombres
qui ont passé devant moi s'évanouissent à
mes regards comme une fumée légère que
dissipe le vent, et je reste seul avec mes
pensées auprès d'une croix et d'un tombeau !

Vous qui avez lu ce faible écrit, croyez-vous qu'il soit le résultat d'un songe?.... Napoléon reçut le nom de Grand quand il régnait sur les Français; la faiblesse et la crainte l'en ont dépouillé quelque temps, la mort lui rend tous ses droits... La mort justifie ceux que l'injustice a persécutés et que la calomnie a déchirés. Telles sont les pensées que j'ai eues sur la tombe de Napoléon-le-Grand.

DE L'IMPRIMERIE DE CONSTANT-CHANTPIE,
rue Sainte-Anne, n° 20.

De l'imprimerie de Constant-Chantpie, rue Sainte-Anne, n° 20